Deux pirates pour un trésor

Du même auteur, dans la même collection :

Au royaume des dinosaures

Une baleine sur la plage de Saint-Malo

Roger Judenne
Illustrations de Thierry Christmann

Deux pirates pour un trésor

RAGEOT

Cet ouvrage a été imprimé sur un papier
issu de forêts gérées durablement,
de sources contrôlées.

Couverture : Thierry Christmann.

ISBN : 978-2-7002-3941-6
ISSN : 1951-5758

Loi n° 49-956 du 16-07-1949 sur les publications
destinées à la jeunesse.

Pour Milan,
un petit pirate.

Deux pirates pour un trésor

Le capitaine Main-de-Fer et le capitaine La Lorgnette étaient demi-frères. Et redoutables pirates tous les deux.

Le premier commandait le *San Marco*, un trois-mâts volé aux Espagnols dans le canal du Vent.

Le second naviguait sur *L'Invincible*, une frégate arrachée aux Français entre la Guadeloupe et la Martinique.

Ils pirataient ensemble : l'un attaquait par tribord, l'autre par bâbord, si bien que le navire ennemi, pris entre deux feux, n'avait pas la moindre chance de se tirer d'affaire.

La réputation des deux capitaines était telle sur toute la mer des Caraïbes que les navires marchands hissaient souvent le drapeau blanc dès qu'ils apercevaient les deux pavillons à tête de mort flottant en haut des mâts pirates, et se rendaient sans livrer combat. À plusieurs reprises, La Lorgnette et Main-de-Fer raflèrent ainsi une grande quantité d'or sans faire parler la poudre.

Bien que demi-frères, les deux hommes étaient très différents : Main-de-Fer portait un jabot de dentelle, des bas de soie et des bottes de cuir. Il était distingué, ne buvait jamais que de l'eau et parlait à l'équipage avec fermeté mais courtoisie, ce qui ne l'empêchait pas d'être aussi fourbe que cruel.

La Lorgnette, lui, avait le visage ravagé par une barbe folle, des anneaux d'or dans les oreilles, des dents jaunes, et lançait du matin au soir de terribles jurons mexicains. C'était un jaloux, un envieux qui cherchait la bagarre pour un oui ou pour un non. Aussi, après chaque abordage, Main-de-Fer redoutait les querelles et se refusait à partager le butin en disant :

– Nous sommes frères. Laissons notre or en commun. Un jour, quand nous serons vieux et que nous déciderons de vivre sur la terre ferme, nous le partagerons équitablement.

Chaque année, ils allaient sur une île déserte connue d'eux seuls et creusaient un trou très profondément dans le sable. Là ils enterraient un coffre rempli de pièces d'or et d'argent, butin d'une année entière de piraterie.

Au bout de sept ans, il y avait donc sept gros coffres remplis d'or au fond du trou, trésor immense que l'un et l'autre espéraient secrètement récupérer un jour pour eux seuls.

« Ce prétentieux finira bien par avoir la panse trouée au cours d'un abordage, à moins qu'un requin ne le déchiquette quand il fera naufrage ! » se disait La Lorgnette.

« Ce braillard finira bien par tomber entre les mains des Anglais ! » pensait Main-de-Fer.

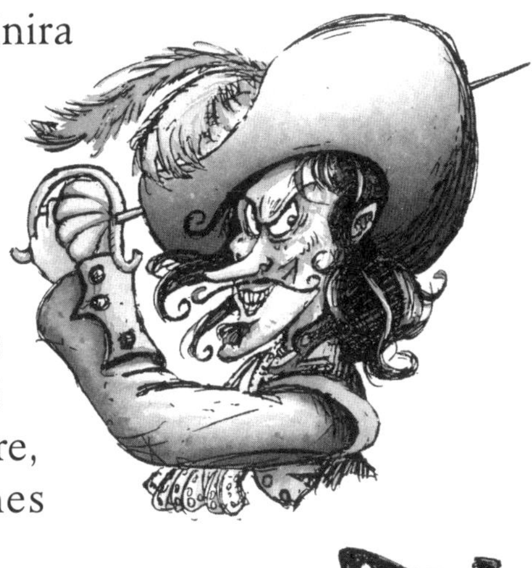

Peu de temps après avoir déposé leur septième coffre, les deux capitaines furent pris dans une méchante tempête qui les obligea à chercher refuge dans le port de San Juan, sur l'île de Porto-Rico. Le port était protégé par une formidable citadelle. Le gouverneur qui la commandait était un redoutable forban. Il ordonna de faire donner les canons jusqu'à ce que ces deux dangereux pirates soient envoyés par le fond.

Main-de-Fer et La Lorgnette étaient bons marins. Malgré la tempête, les boulets et la mitraille qui cassaient les mâts, déchiraient les voiles et trouaient la coque, ils réussirent à reprendre le large et à s'enfuir. Seulement, les deux hommes reçurent de si vilaines blessures qu'ils durent se faire soigner pendant plusieurs mois dans l'île de la Dominique.

– Nous sommes guéris, mais nous devrions renoncer à la piraterie, soupira La Lorgnette. Récupérons notre trésor et partageons-le.

Ils prirent la mer sur une barque équipée d'une seule voile triangulaire et engagèrent un jeune mousse pour la manœuvrer. En trois jours, ils atteignirent l'île déserte.

– Toi, dirent-ils au mousse, reste dans la barque et veille à ce que la marée ne l'entraîne pas vers le large.

Puis ils se rendirent au centre de l'île. Ils creusèrent et mirent les sept coffres au jour.

– Descends au fond du trou, commanda La Lorgnette à son demi-frère, et attache les coffres un par un au bout de cette corde. Moi, je reste en haut et je les hisse. Quand ils seront tous sortis, je te remonterai et nous les transporterons dans la barque.

Depuis toujours, Main-de-Fer se méfiait de son demi-frère. Il se dit que ce diable de jaloux allait sûrement essayer de lui jouer un mauvais tour. Mais il ne laissa rien paraître de ses soupçons. Il descendit dans le trou et attacha le premier coffre.

– Vas-y, il est bien arrimé.

La Lorgnette tira de toutes ses forces. Il soufflait parce que le coffre pesait très lourd et, en même temps, il se réjouissait à la pensée de posséder, seul, l'immense trésor.

« Quand le septième et dernier coffre sera remonté, calcula La Lorgnette, j'abandonnerai mon frère au fond. De sa vieille carcasse, les crabes feront un bon repas ! »

– Vas-y, le deuxième est bien attaché, annonça Main-de-Fer en bas.

La Lorgnette tira à nouveau. Il relança la corde, remonta le troisième, et recommença son manège.

Bientôt, six coffres étaient alignés sur le sable.

« Si ce vieux renard s'imagine qu'il va me laisser moisir au fond de ce trou, il se trompe ! » se dit alors Main-de-Fer.

Il ouvrit le coffre, versa les pièces d'or par terre en se promettant de revenir les chercher un jour, noua la corde et s'enferma à l'intérieur.

– Et de sept ! se réjouit La Lorgnette. Maintenant, va naviguer en enfer, vieux pirate en dentelle !

La Lorgnette transporta les coffres un à un dans la barque. Au moment de soulever le septième, la fatigue le fit trébucher, le coffre tomba sur le sol et le couvercle s'ouvrit, libérant Main-de-Fer de sa cachette.

– Espèce de filou !

– Chenapan, me pensais-tu assez stupide pour te faire confiance ?

Et les deux pirates de s'empoigner, de se donner des coups de poing, de tomber, rouler, frapper, bouler d'un côté et de l'autre, de s'injurier.

– Han ! Attrape ça, marquis d'eau douce !

– Hou ! Celui-là est pour toi, maudit jaloux !

La Lorgnette brandit son sabre ébréché. Main-de-Fer dégaina son épée à pommeau d'argent.

Les coups résonnèrent. Puis ils s'empoignèrent à nouveau et roulèrent dans le sable. Ils se bagarrèrent tant et si bien qu'ils finirent par tomber tous les deux au fond du trou.

Le mousse entendit des braillements et des jurons. Il contempla l'île déserte puis les six coffres remplis d'or qu'il n'avait même pas eu à transporter. Tout en sifflotant, il hissa la voile et rentra au port.

Le perroquet du capitaine

Le capitaine Ratafia croisait au large de l'île de Sainte-Lucie quand un navire portugais apparut dans sa lorgnette.

– Hissez le pavillon noir ! commanda-t-il. Tout le monde sur le pont. Branle-bas de combat. Œil de borgne et patte de bois, si on le coule, tout l'monde s'ra roi !

L'abordage fut mémorable. Les Portugais, vaincus, se sauvèrent dans des chaloupes tandis que Ratafia entreprenait de fouiller de fond en comble les cales à la recherche du butin.

– Œil de borgne et patte de bois, il n'y a rien dans cet endroit !

Effectivement, le butin était maigre. Le navire se rendait à Curaçao pour acheter du vin et des liqueurs et ses cales étaient vides.

Quand le capitaine remonta enfin sur le pont, les chaloupes des Portugais n'étaient plus que des points minuscules à l'horizon. Il tempêta :

– Œil de borgne et patte de bois, j'aurais dû les couper en trois !

Soudain, dans les haubans[1], une voix nasillarde se fit entendre :

– *Œil de borrrrgne et patte de bois...*

Ratafia se retourna vers ses hommes, prêt à enfoncer son grand sabre dans le ventre du premier qui osait se moquer de lui.

– Œil de borgne et patte de bois, qui s'permet d'imiter ma voix ? rugit-il.

1. Cordages servant à maintenir les mâts.

Les pirates les plus courageux furent saisis de frissons et tremblèrent si fort qu'on entendit tinter les anneaux d'or de leurs oreilles.

– *Œil de borrrrgne et patte de bois...*

La voix venait d'en haut. Dans un silence de mort, Ratafia leva les yeux et aperçut, perché sur des cordages, un magnifique perroquet vert, rouge et jaune.

Le rire énorme du capitaine éclata, suivi par les cris de soulagement de ses hommes.

– Œil de borgne et patte de bois, Papagayo, tu es à moi.

Papagayo, c'est le mot espagnol qui signifie perroquet. C'est aussi le nom que Ratafia donna à l'oiseau.

À partir de ce jour, Papagayo resta sans cesse perché sur l'épaule de son nouveau maître. Il semblait très fier de sa situation. Perroquet d'un capitaine, ce n'est pas rien !

À longueur de journée, il répétait de sa voix de crécelle : « *Œil de borrrgne et patte de bois... Œil de borrrrgne et patte de bois...* » en se gonflant les plumes d'orgueil.

Cependant, même favori du capitaine, un perroquet n'en reste pas moins un oiseau, et Papagayo, de temps en temps, éprouvait le besoin de voler pour se dégourdir les ailes.

Il allait alors se percher dans les vergues[1], sur le bastingage, circulait dans l'entrepont ou bien se faufilait jusque dans les cales, là où les mousses paresseux se dissimulent pour échapper aux corvées, là où les pirates avalent en cachette un gobelet de rhum volé dans le grand tonneau.

1. Pièce de bois sur laquelle on fixe la voile.

– *Œil de borrrgne et patte de bois...* criait Papagayo quand il surprenait un de ces coquins en train de dormir ou de boire.

Le fautif, croyant que c'était le capitaine, se redressait en sursaut, se cognait la tête parce que les plafonds sont très bas dans les bateaux et remontait à toute vitesse sur le pont, blanc de peur.

Bientôt l'oiseau prit plaisir à terrifier l'équipage.

– *Œil de borrrgne et patte de bois...*

Un jour, deux matelots surpris par lui dans les haubans tombèrent à la mer et faillirent être dévorés par les requins. On les repêcha de justesse et les mâchoires des énormes squales claquèrent dans le vide.

Le lendemain, le bosco[1] dégringola dans les escaliers et brisa sa jambe de bois.

Puis un pirate, occupé à astiquer les canons, fit partir un boulet, ce qui provoqua un trou dans la coque du bateau.

Un autre se coupa la main avec son sabre, un autre lâcha soudain les cordages qu'il était en train d'attacher et la grand-voile s'abattit sur le pont...

– *Œil de borrrgne et patte de bois...*

À la longue, les pirates ne réagirent plus. Les paroles de l'oiseau cessèrent de les faire trembler. Ils se contentaient de rire ou de lancer une plaisanterie avant d'éloigner le perroquet farceur d'un revers de main.

1. Maître de manœuvre.

– Œil de borgne et patte de bois, qui a fumé tout mon tabac ?

La voix était menaçante, mais le pirate qui avait volé la boîte de tabac du capitaine ne se retourna même pas.

– Vas-tu te taire, espèce de vieux corbeau tout déplumé ! Si tu crois que j'ai encore peur de toi, répondit-il sans le regarder.

– Œil de borgne et patte de bois, que deux hommes l'attachent au grand mât !!!

Ce n'était pas le perroquet, mais le capitaine Ratafia, qui s'étouffait de colère. Jamais un homme ne lui avait répondu de cette façon. On attacha le malheureux avec de gros cordages et il resta trois jours et trois nuits sans manger et sans boire, les bras tout bleus à force d'être liés au grand mât.

Puis le capitaine oublia sa colère et leva la terrible punition.

Le temps passa. Le pirate reprit sa place et ne manifesta aucune rancune.

Mieux, il recherchait la compagnie du perroquet. Il le caressait, lui lissait les plumes du cou, lui offrait des raisins secs, lui coupait des rondelles de bananes. Souvent, il l'emmenait dans la cale ou tout en haut du grand mât. Certains matelots les entendirent se parler en cachette.

Un jour, Ratafia réunit l'équipage au grand complet sur le pont. Il avait des ordres à donner en vue d'un abordage.

– Œil de borgne et patte de bois... commença le chef des pirates d'une voix forte.

– *Œil de borrrrgne et patte de bois, le plus ivrogne, c'est Ratafia !* poursuivit l'oiseau bavard.

– Quoi ?! s'étrangla le capitaine.

– *Œil de borrrrgne et patte de bois, le plus ivrogne, c'est Ratafia !* répéta Papagayo.

Sur le pont, tous les pirates partirent d'un immense éclat de rire. Le perroquet, surpris, s'envola. Ratafia saisit les deux formidables pistolets qu'il portait toujours dans son ceinturon.

Avec le premier, il tira en l'air pour rétablir le silence. Des plumes volèrent et on entendit le perroquet lancer une bordée de jurons en portugais, souvenirs de son passé sur l'autre navire sans aucun doute.

Le capitaine leva alors le second pistolet vers l'imprudent bavard, visa et tira. Papagayo tomba inerte sur le pont, une patte brisée, un œil meurtri.

Depuis lors, Papagayo est un vrai pirate. Il marche avec une petite jambe de bois et un bandeau sur l'œil… comme tous les borgnes.

Au pirate naufragé

Le célèbre pirate Salomon Bernabéus avait sauvé le petit Matias alors qu'il se noyait dans le port de Saint-Martin où il venait de tomber.

– Un jour, moi aussi je vous sauverai de la noyade, avait bredouillé l'enfant en guise de remerciement.

Salomon était parti d'un grand éclat de rire.

– C'est ça, mais avant, il faudra apprendre à nager !

– Juré ! Un jour, moi aussi je vous tirerai de l'eau.

– D’accord, et, ce jour-là, moi je t’offrirai un navire et tu deviendras capitaine de pirates ! avait répondu Salomon.

Cette promesse l’avait amusé. Il engagea Matias comme mousse à son bord et le prit sous sa protection.

Matias n’était ni fort, ni courageux, ni intelligent. En dix ans, il ne réussit qu’à devenir un pirate très ordinaire, tout juste capable de frotter le pont, de servir le rhum et de faire chauffer la soupe.

Un jour, cependant, le capitaine Salomon Bernabéus eut la malchance de tomber à l’eau.

En haute mer, un navire à voiles ne peut pas s’arrêter ou faire demi-tour et l’infortuné capitaine se serait noyé si Matias n’avait eu la présence d’esprit de lui lancer un tonneau vide.

Il ne fallut pas moins de deux heures au bateau pour remonter le vent et le repêcher.

– Je te dois la vie, sacré mousse ! le remercia Salomon. Je tiendrai ma promesse. Dès que nous nous emparerons d'une belle corvette anglaise ou portugaise, je te l'offrirai.

Matias devint donc capitaine d'un bateau pirate. Il recruta son équipage parmi les éclopés et les incapables que personne ne voulait engager et qui traînaient dans tous les ports des îles antillaises. Il se fit confectionner un bandeau de cuir noir maintenu par un fin lacet, se ceignit le front d'un foulard rouge, chaussa de grandes bottes à revers et accrocha à son ceinturon le plus impressionnant sabre qu'il trouva.

– Cap vers le sud. Hissez le pavillon noir. Pirates, mes frères, allons nous couvrir d'or !

Le premier navire qu'ils rencontrèrent revenait du Venezuela chargé de pierres précieuses et de pépites.

– À l'abordage ! cria Matias dès qu'il l'aperçut.

Les pirates eurent toutes les peines du monde à le rattraper. Quand ils furent à moins de deux cents brasses, les Vénézuéliens ouvrirent le feu, lancèrent trois bordées et les boulets ennemis soulevèrent des gerbes d'eau aussi hautes que le grand mât.

La voilure fut brisée, la coque fracassée et à peine cinq minutes après l'attaque, le bateau pirate coulait.

Le capitaine Matias et l'équipage s'agrippèrent aux tonneaux et aux morceaux de bois qui flottaient et regardèrent les Vénézuéliens goguenards disparaître à l'horizon. Ils regagnèrent en un mois Saint-Martin et racontèrent l'aventure à Salomon Bernabéus.

– Un pirate doit posséder des canons, expliqua le terrible capitaine. Quand les boulets roulent sur le pont et brisent les mâts, l'ennemi est pris de panique et l'abordage réussit.

Salomon partit en mer, s'empara d'une goélette rapide et l'offrit à Matias en remplacement du bateau coulé.

– Maintenant, nous avons des canons. Cap vers le sud. Hissez le pavillon noir. Pirates, mes frères, allons nous couvrir d'or !

Au large de l'île Moustique, leur route croisa celle d'une caravelle espagnole qui s'en revenait du Mexique chargée de lingots d'argent. Dès qu'il l'aperçut, Matias ordonna :

– Ouvrez les sabords[1]. Et feu à volonté !

Il y eut une fumée terrible avec des détonations formidables, mais l'ennemi était beaucoup trop loin et les boulets de fer tombèrent dans l'eau en faisant de gros « plouf ».

Pendant qu'ils rechargeaient, la caravelle s'approcha, lança deux bordées et envoya le bateau pirate par le fond. Matias et son équipage s'agrippèrent aux tonneaux vides et aux morceaux de bois.

1. Ouverture pratiquée dans la coque des vaisseaux de guerre pour laisser passer la bouche des canons.

Ils regardèrent les Espagnols goguenards disparaître à l'horizon puis regagnèrent en deux mois Saint-Martin et racontèrent l'aventure à Salomon Bernabéus.

– Tu dois t'approcher à moins de cinquante brasses, expliqua le terrible capitaine. Quand l'ennemi est à bonne portée, tu ouvres le feu. Tes boulets roulent sur le pont et brisent les mâts, l'ennemi est pris de panique et l'abordage réussit.

Salomon partit en mer, s'empara d'un rafiot cubain et l'offrit à Matias en remplacement de la goélette coulée.

– Cap vers le sud. Hissez le pavillon noir. Pirates, mes frères, allons nous couvrir d'or !

Après huit jours et huit nuits de mer, Matias croisait tranquillement dans le détroit de Floride quand un puissant quatre-mâts battant pavillon anglais se profila à l'horizon : un navire à la coque épaisse protégée par un bardage de fer. Il réagit aussitôt :

– Branle-bas de combat, ouvrez les sabords. Approchons à moins de cinquante brasses avant d'ouvrir le feu.

Le rafiot pirate vint se placer à la hauteur des Anglais.

Quand il fut à bonne distance, Matias cria :

– Feu à volonté !

Tous les canons tonnèrent en même temps et pas un seul des énormes boulets ne manqua sa cible.

Les projectiles résonnèrent avec force sur la coque du navire ennemi et rebondirent vers le rafiot pirate de Matias dont ils percèrent les flancs de trous impressionnants.

Les pirates se penchèrent, virent l'eau qui pénétrait à gros bouillons dans les cales et comprirent qu'il ne restait que quelques secondes pour préparer des radeaux de fortune. Matias et son équipage se retrouvèrent une nouvelle fois sur des tonneaux et des morceaux de bois, regardant les Anglais goguenards disparaître à l'horizon. Ils regagnèrent en trois mois Saint-Martin et racontèrent l'aventure à Salomon Bernabéus.

– Tes canons manquaient de puissance, expliqua le valeureux capitaine. Il faut les bourrer de poudre jusqu'à la gueule. Ainsi, quand tu ouvres le feu, tes boulets fracassent la coque et brisent les mâts. L'ennemi est pris de panique et l'abordage réussit.

Salomon leva l'ancre, s'empara d'un clipper[1] hollandais et l'offrit à Matias en remplacement du rafiot coulé.

– Hissez la voile de misaine[2] et le grand cacatois[3] ! Montez le pavillon noir. Pirates, mes frères, cap vers le sud où nous attend une montagne d'or ! lança bien fort Matias à son équipage.

Le clipper avait fière allure. Pendant sept semaines, il ratissa la mer des Antilles à la recherche d'une proie digne de sa noblesse. Un jour, les pirates rencontrèrent un galion espagnol dont les cales étaient si pleines d'or qu'il s'enfonçait dans la mer jusqu'aux sabords.

1. Grand voilier très rapide.
2. Voile inférieure du mât placé à l'avant d'un navire.
3. Grande voile carrée placée en haut du mât.

– Apportez les barils de poudre. Chargez les canons jusqu'à la gueule. Et feu à volonté !

Il y eut quarante formidables explosions. Quand le nuage de fumée se dissipa, on put voir le capitaine Matias et son équipage de pirates agrippés aux tonneaux et aux morceaux de bois du naufrage tandis que le galion espagnol toujours chargé d'or disparaissait à l'horizon. En mettant beaucoup trop de poudre, Matias avait fait exploser son propre navire !

Après avoir échappé aux dents des requins et essuyé une tempête, ils regagnèrent en quatre mois Saint-Martin et racontèrent l'aventure à Salomon Bernabéus. Le redoutable pirate hocha la tête et entraîna Matias vers le port. Amarré au quai, il y avait un vieux rafiot transformé en taverne. De chaque côté de la passerelle, un perroquet montait la garde.

– Son propriétaire est parti. Je te l'offre. Là, au moins, tu ne feras pas naufrage.

Depuis, Matias est patron du rafiot-taverne. Il l'a rebaptisé « Au pirate naufragé » et il vend :

du rhum blanc, du rhum roux,
du rhum brun,
des jambes de bois, des crochets de fer,
des bandeaux de cuir,
des sabres, des pistolets,
des tromblons, des mousquets,
des foulards rouges,
des ceinturons,
des pantalons rayés,
des perroquets du Mexique,
des singes d'Amazonie,
des anneaux d'or...
et de la poudre à canon.

Le Marquis

De tous les corsaires qui avaient choisi l'île de Sainte-Lucie pour port d'attache, le Marquis était le plus distingué. Il avait la taille fine et le corps élancé.

Son élégance était réputée dans toute la mer des Antilles : des bottes de cuir noir parfaitement cirées, un pantalon de satin rouge, un ceinturon incrusté de pierres précieuses, une chemise de soie blanche à jabot de dentelle qui flottait au vent.

C'est précisément à cause de cette dentelle que les autres corsaires l'avaient surnommé « le Marquis ».

Et puis, des bijoux en quantité : collier de diamants au cou, anneaux d'or fin aux oreilles et bagues serties de rubis et d'émeraudes aux doigts. Il portait en permanence un tricorne d'amiral anglais.

Le prestigieux corsaire commandait un navire de haut bord hollandais baptisé *Le Redoutable*. Soixante-dix canons, quatre mâts, un équipage de marins aguerris, aussi habiles dans les tempêtes que féroces dans les abordages.

– Navire anglais à bâbord, capitaine.

Le Marquis pointe sa longue-vue vers le nord-est et scrute la mer. Pas de cris.

Rien de cette frénésie désordonnée qui pousse les corsaires ordinaires à brailler et à fourbir leurs armes avant l'attaque. On entend le vent murmurer dans les haubans.

– Cap au sud, ordonne le capitaine. Coupons-lui la route. Quand nous aurons le soleil dans le dos, nous ferons donner les canons.

Les corsaires courent sur le pont, s'élancent dans les vergues, s'activant à la manœuvre. On obéit à des coups de sifflet, des ordres brefs. *Le Redoutable* se rapproche de sa proie. On ouvre les sabords. Les canons tirent une première bordée qui fait rouler sur la mer un fracas de tonnerre.

Le navire anglais disparaît dans la fumée. Quand elle se dissipe, le bateau ennemi a triste mine : les mâts sont brisés, les voiles pendent dans l'enchevêtrement des cordages et les Anglais lèvent les bras.

Tout capitaine ordonnerait alors l'abordage et l'équipage se lancerait à l'assaut dans le plus grand désordre, avec des cris de rapaces et des moulinets de sabres. Le Marquis, lui, saisit le porte-voix et s'adresse aux vaincus d'une voix ferme mais courtoise :

– Votre cargaison et votre or m'appartiennent. Dix de mes hommes vont monter à bord en prendre possession.

Avant le coucher du soleil, tous les coffres d'or et d'argent, le vin de Curaçao, le sucre et le coton sont transbordés sous le regard impassible du Marquis, immobile sur la dunette[1].

1. Plateforme surélevée placée à l'arrière d'un navire.

Il reprend le porte-voix et parle en grand seigneur :

– Messieurs les Anglais, je vous accorde la vie. Que Dieu vous aide à regagner la terre ferme !

D'un geste, il ordonne à son second d'effectuer la manœuvre de départ. *Le Redoutable* fait un demi-tour impeccable. Une fois de plus, il s'est emparé d'un formidable butin sans verser une seule goutte de sang.

Le Marquis n'attaque jamais que des navires de Sa Majesté qui rapportent en Angleterre les trésors du nouveau monde.

– Oui, mes amis, racontent les officiers d'un trois-mâts arraisonné, le Marquis a fait transborder le plus précieux de notre cargaison dans ses cales, puis il nous a dit :

– Messieurs les Anglais, a-t-il lancé, je vous accorde la vie. Que Dieu vous aide à regagner la terre ferme !

Le panache légendaire du Marquis rompt avec la brutalité des pirates ordinaires qui écument les mers bleues du sud.

Il y a de la crainte, mais aussi une pointe d'admiration quand un capitaine dévalisé rapporte les mots désormais légendaires :

– Messieurs les Anglais, je vous accorde la vie. Que Dieu vous aide à regagner la terre ferme !

Un jour, lassé de tant d'insolence et de pillages, le gouverneur du port anglais de Kingston, dans l'île de la Jamaïque, donne un coup de poing sur son bureau et décide de contrer le prestigieux corsaire.

– Ce maudit Marquis nous conduit tout droit à la faillite. Plus un seul capitaine n'accepte de commander les navires anglais. Il faut en finir ! Je pendrai moi-même ce corsaire à la grande vergue de mon navire amiral.

À chaque fois que le gouverneur a juré de pendre un corsaire, il a tenu parole.

Jamais il n'a échoué.

L'effervescence règne dans le port de Kingston.

Dans le plus grand secret, on arme une goélette fine et racée. On dit qu'elle est si rapide que jamais un navire pirate n'a pu l'arraisonner.

On raconte aussi dans toutes les tavernes de la ville qu'elle va transporter en Angleterre un trésor inestimable. On compte sur sa très grande rapidité pour échapper aux célèbres canons du *Redoutable*.

Le Marquis apprend la nouvelle. Le défi lui plaît et il savoure à l'avance le plaisir d'une difficile victoire.

Au large de la Guadeloupe, la goélette traverse la passe de la Martinique. C'est là que le Marquis a décidé d'intercepter à n'importe quel prix l'inestimable trésor.

– Cap au sud, ordonne-t-il. Coupons-lui la route. Quand le soleil sera dans notre dos, nous ferons donner les canons.

Le Marquis reste de marbre, mais tout l'équipage sent que l'excitation le gagne. Il fixe l'ennemi. *Le Redoutable* file à vingt nœuds pour lui barrer la route. Brusquement, la goélette vire de bord et met le cap sur la Dominique.

– Ils ont peur, sourit le Marquis. Ils cherchent un refuge.

Les deux bateaux se dirigent vers l'île. La goélette s'approche de la côte et disparaît un instant derrière une avancée de rochers.

– C'est une baie, nous les tenons, triomphe le Marquis.

Quand *Le Redoutable* double la pointe, vingt vaisseaux de guerre anglais apparaissent. Ils surgissent vers le corsaire, toutes voiles déployées.

– Cap vers la haute mer ! ordonne le Marquis qui se rend compte qu'il est tombé dans un piège.

Mais faire demi-tour est une longue manœuvre sur un quatre-mâts. Il est trop tard.

Les bateaux anglais fondent de toutes parts sur *Le Redoutable*, le cernent et pointent les gueules noires et menaçantes de plusieurs centaines de canons vers lui.

– Rendez-vous sur-le-champ ou nous vous coulons ! menace le commandant anglais.

Le Marquis tente néanmoins de forcer le barrage.

– Dois-je ordonner l'assaut ? demande le capitaine anglais, hésitant, au gouverneur.

– Non. Je veux l'humilier. Il doit se rendre. Il me le faut vivant. Je veux le pendre à la grande vergue du navire amiral.

L'étau se resserre. *Le Redoutable* manœuvre subtilement, mais les Anglais sont nombreux. Bientôt, pour faire preuve de leur force, ils font donner les canons et les boulets tombent dans l'eau, à quelques brasses de la coque.

Vers le soir, pour sauver la vie de ses marins, le Marquis fait hisser le drapeau blanc. Les Anglais mettent une chaloupe à la mer et montent à bord du *Redoutable*.

On attache six toises de bonne corde à la grande vergue. Le nœud coulant se balance près du visage du corsaire vaincu. La chemise de soie blanche à dentelle du Marquis flotte au vent. Il se tient immobile devant son équipage, le tricorne d'amiral haut sur sa tête droite.

– Tes méfaits sont enfin terminés, Marquis, triomphe l'Anglais.

Il s'approche du corsaire, le regarde.

– Tête nue ! Je veux te voir courber le cou quand on te passera la corde.

Le Marquis ne bouge pas. L'Anglais tire son épée et, de la pointe de la fine lame, repousse le chapeau qui tombe en arrière.

Un « Oh ! » parcourt alors à la fois l'équipage des corsaires et la troupe des soldats anglais. Une épaisse chevelure brune et soyeuse se déploie sur les épaules recouvertes de soie blanche. On dirait une auréole.

Le terrible pirate surnommé le Marquis est une femme !

Au murmure succède le silence. Le gouverneur est désemparé. Il ne sait plus ce qu'il doit faire.

– Faut-il passer la corde ? demande un officier.

– … Euh… Oui… Non… Non…

Et c'est ainsi que, pour la première fois, le gouverneur du port anglais de Kingston n'a pas tenu sa parole.

La jambe de bois du capitaine

Il était une fois un capitaine de pirates surnommé Eliott-Jambe-de-Bois. Il ne devait pas la perte de sa jambe et son surnom à un abordage plus mouvementé que les autres. Ni à un naufrage dans des eaux infestées de requins. Ni à une bagarre mémorable contre des corsaires du roi. Ni même à la chute du grand mât fracassé par un boulet de canon ennemi.

Non. Voici ce qui lui était arrivé…

L'un des plus redoutables hommes du capitaine Eliott était Malcolm-le-Rouge, un colosse irlandais.

Deux mètres, cent dix kilos de muscles, des yeux verts et une incroyable chevelure rousse. Il avait des mains énormes et des bracelets de cuir autour des poignets.

Quand le bateau d'Eliott attaquait un navire, Malcolm se ruait à l'abordage en poussant des cris terribles, le sabre dans une main, un court tromblon au canon en entonnoir dans l'autre. Un courage et une force! Dix pirates à lui seul.

Seulement, Malcolm avait le cerveau gros comme une cacahuète. Il passait des heures le sabre à la main, s'entraînant à pourfendre des ennemis imaginaires au cours d'abordages qui n'avaient lieu que dans sa pauvre tête.

Tout l'équipage désertait alors le pont car son imagination transformait les pirates en marins anglais, portugais ou français que l'Irlandais jetait à la mer.

Le colosse courait, sautait sur les écoutilles[1], grimpait dans les haubans, poursuivait les ennemis dans les huniers[2], se lançait dans le vide suspendu à un cordage, le couteau entre les dents.

Le plus souvent, le combat se terminait par une catastrophe : Malcolm coupait une drisse[3] et la voile de misaine s'affalait sur le pont, ou bien il transperçait le tonneau d'eau douce et l'équipage restait trois jours sans boire, ou bien encore il enfonçait la porte de la cambuse, croyant que les Espagnols s'y étaient réfugiés.

À chaque fois, le capitaine Eliott-Jambe-de-bois soupirait et lui expliquait patiemment :

– L'ennemi n'existe que dans ta tête, mon brave Malcolm. Regarde autour de

1. Ouvertures rectangulaires qui relient le pont du navire aux étages inférieurs.
2. Voiles carrées situées au-dessus des basses voiles.
3. Cordage qui sert à hisser une voile ou un pavillon.

toi. Si tu vois tes compagnons se lancer à l'abordage, suis-les. Si tu vois qu'ils ne bougent pas, ne sors ni ton sabre ni ton tromblon. Et regarde la mer. Elle te calmera. Tu as compris ?

– Non, capitaine, mais je vais bien regarder les autres.

Et Eliott était obligé de le punir. Pour le principe.

– Une nuit dans la chaloupe !

On mettait le petit canot à la mer et on y poussait Malcolm.

– Cent brasses de corde ! ordonnait le second.

Le cordage qui reliait la chaloupe au navire tombait à l'eau. Quand il se tendait enfin, Malcolm était très loin en arrière, seul. Il restait debout un instant. Il paraissait si grand, si fort, qu'on avait l'impression que la barque allait couler sous son poids.

Malcolm réfléchissait alors pendant des heures et des heures et, malgré des efforts qui creusaient de profondes rides sur son front, il ne comprenait pas pourquoi le capitaine avait l'air fâché.

Au matin, on le hissait à bord. Pendant un ou deux jours, il se tenait tranquille, surveillant les mouvements de ses compagnons. Puis il oubliait et voyait à nouveau des ennemis sur le pont.

– C'est seulement dans ta tête, grand nigaud. Je t'ordonne de toujours regarder autour de toi. Ne sors ton sabre et ton tromblon que si tes compagnons s'élancent. Sinon, regarde la mer. Elle te calmera. Tu as compris cette fois ?

– Non, capitaine, mais je vais bien regarder les autres.

Le bateau naviguait dans les mers chaudes. Des dizaines de requins affamés entouraient la chaloupe de Malcolm, attentifs au moindre mouvement maladroit qui risquait de provoquer un naufrage.

Car entre deux magnifiques abordages, le capitaine était obligé de le punir.

S'il ne le faisait pas, ce simplet de rouquin aurait fini par envoyer le navire pirate par le fond.

Un jour, Malcolm s'imagina dans l'entrepont d'un vaisseau ennemi. Il y avait devant lui vingt canons qui risquaient de les couler. Il essaya de regarder ce que faisaient ses compagnons, mais il était seul.

Alors, n'écoutant que son courage, il s'élança vers ces canons qu'il fallait neutraliser au plus vite : il les saisit à pleins bras, gonfla ses formidables muscles, les souleva bien que chacun d'eux pesât au moins deux cents kilos et les jeta l'un après l'autre à la mer.

Quand on parvint à le maîtriser, le bateau pirate avait perdu la moitié de son artillerie.

– Tout se passe dans ta tête vide, imbécile. Je t'avais dit : « Ne sors ton sabre et ton tromblon que si tu vois tes compagnons se lancer à l'abordage. » Les as-tu vus se jeter sur l'ennemi ?

– Non, capitaine. J'étais tout seul dans la cale. Les autres ont sans doute fui en voyant les canons ennemis.

Eliott soupira. Il désespérait de lui faire comprendre quelque chose.

– La chaloupe... cinq jours et cinq nuits ! condamna le capitaine en haussant les épaules.

« Cinq jours et cinq nuits ! »

On mit le canot à la mer et on y poussa Malcolm qui regardait le capitaine de ses grands yeux verts sans comprendre pourquoi il le punissait au lieu de lui offrir quelques doublons d'or en récompense.

Le bosco laissa filer cent brasses de corde. Une nuit... puis un jour... puis une autre nuit.

Malcolm supportait la punition. Les requins tournaient autour de la barque. Ils décrivaient des cercles de plus en plus rapides. Leurs ailerons fendaient l'eau comme une faux.

Encore un jour entier, puis une autre nuit. À partir du troisième jour, les requins passaient et repassaient si près que la chaloupe tanguait et menaçait de chavirer.

– Ohé du bateau ! appela Malcolm. Les requins sont nerveux. Remontez-moi.

Tous les hommes étaient accoudés au bastingage. Ils regardaient le petit canot sauter à chaque coup de queue des squales.

Le capitaine Eliott, lui, était debout sur la dunette, les bras croisés, les jambes écartées. Il ne pouvait pas perdre la face, même si les requins semblaient, c'est vrai, très menaçants.

– Une punition est une punition. Il faut la faire jusqu'au bout !

Le soleil se rapprochait de l'horizon et allumait de larges flaques rouges sur la mer. Les requins tournaient depuis des heures. Malcolm devenait fou. Il attrapa la corde qui reliait la chaloupe au navire et tira de toutes ses forces pour se rapprocher. Il était décidé à remonter à bord malgré l'interdiction.

Un requin bleu, attiré par les remous, sortit la gueule de l'eau et l'ouvrit au ras du bord de la barque.

Le requin dévorait le colosse irlandais des yeux. Il se dit que ce serait un merveilleux, un délicieux festin. Il tendit les dents en avant et donna des secousses brutales.

Mal lui en prit. Malcolm lui assena aussitôt un formidable coup de poing sur le nez, l'assomma et le saisit d'une main par la queue.

Sur le pont, l'équipage crut voir l'infortuné pirate disparaître dans la gueule du monstre et les marins se tournèrent vers Eliott :

– Capitaine, capitaine, vite…

– Une punition est une punition… Non !

Malcolm entendit tout. Il lança le requin sur le pont. La méchante bête tomba aux pieds d'Eliott, se débattit, ouvrit grand ses mâchoires et découvrit trois rangées de dents acérées. Elles rencontrèrent la jambe du capitaine. Le squale referma la gueule. On entendit alors un grand CLIC.

Depuis ce jour, le capitaine Eliott marche avec un pilon. Voilà pourquoi on l'a surnommé Eliott-Jambe-de-Bois.

Il a pardonné à Malcolm. Mais, comme la malheureuse tête à moitié vide du colosse irlandais continue à être peuplée d'ennemis imaginaires, il lui a ordonné d'être son porte-sabre.

Du matin au soir, Malcolm porte fièrement les armes de son capitaine et ce n'est que lorsque Eliott lève le bras et crie « À l'abordaaaage ! » que Malcolm sort son sabre et son tromblon pour se ruer sur l'ennemi.

La peste soit des pirates !

À chaque fois, c'était pareil : quand le rafiot rafistolé du capitaine Lapoisse hissait le drapeau noir, les ennemis s'accoudaient au bastingage de leur navire et ricanaient :

– Ha, ha, ha !

– N'éternuez pas, vous risqueriez de couler cette coque de noix !

– Hi, hi, hi !

– Avec ce vieux tas de planches, on aurait du mal à trouver de quoi faire un mauvais radeau !

– Ho, ho, ho !

L'amiral, les quartiers-maîtres[1], les matelots, les mousses et même le chat, tous ricanaient, se tapaient sur le ventre, s'étranglaient en lançant des plaisanteries ou se tenaient les côtes. Certains roulaient sur le pont en se tordant de rire.

Le petit capitaine Lapoisse montait dans les haubans du rafiot pirate, brandissant un sabre ébréché, et il hurlait de sa voix nasillarde dans un porte-voix :

– Rendez-vous !!! Apportez vos coffres pleins d'or. Sinon, nous vous couperons en quatre et nous jetterons les morceaux aux requins !

L'amiral, les quartiers-maîtres, les matelots, les mousses et même le chat, le moment de surprise passé, n'en croyaient pas leurs oreilles et se remettaient à rire.

1. Marins du premier grade, au-dessus des matelots.

– Ha, ha, ha !

– Nous couper en quatre…

– Avec un sabre ébréché…

– Hi, hi, hi !

– Un si petit bonhomme qui n'a pas trois poils au menton !

– Ho, ho, ho !

Alors le capitaine Lapoisse pointait son sabre vers les moqueurs et lançait de sa voix grêle :

– À l'abordaaaaage !!!

Et aussitôt le capitaine en second s'empressait de monter le drapeau jaune. Pour tous les marins, le drapeau jaune est terrible. Il signifie qu'il y a des cas de peste à bord. En quelques jours, la terrible maladie peut décimer un équipage. Les ennemis ne riaient plus. La peste ! Ils levaient les bras et se rendaient.

– Ne montez pas à bord. Voici tous les coffres d'or que nous possédons. Prenez-les et passez votre route !

– Pour votre insolence, vous mériteriez que l'on vous coupe en quatre et qu'on jette les morceaux aux requins... Mais je n'ai guère le temps aujourd'hui. C'est une chance pour vous.

Le capitaine Lapoisse s'emparait des coffres et les ennemis disparaissaient à toutes voiles. Il ne restait plus au pirate qu'à rentrer dans un port, à boire du rhum et à passer des heures et des heures à raconter à qui voulait l'entendre le nouvel abordage fabuleux qu'il venait de réaliser contre un navire cent fois plus gros et mieux armé que lui.

Cependant, à force de se vanter, le capitaine Lapoisse trahit son secret. Sa ruse finit par être connue de tous les bateaux de toute la mer des Caraïbes. Un jour, le bateau pirate s'approcha d'une goélette irlandaise.

– Ha, ha, ha !

– Vous avez vu les voiles rapiécées. On dirait de vieilles chaussettes trouées !

– Hi, hi, hi !

– Si un dauphin passe trop près, il risque fort de le couler !

– Ho, ho, ho !

Sur le navire ennemi, le commandant, les quartiers-maîtres, les matelots, les mousses et même les chats ricanaient, se tapaient sur le ventre, s'étranglaient en se tenant les côtes, roulaient sur le pont en se tordant de rire.

Lapoisse grimpa dans les haubans de son rafiot, brandit un pistolet rouillé et saisit un porte-voix cabossé.

– Apportez vos coffres d'or et d'argent, hurla-t-il, et rendez-vous ! Sinon, nous vous trouerons la peau et vous découperons en quatre avant de jeter les morceaux aux requins !

Le commandant, les quartiers-maîtres, les matelots, les mousses et même les chats n'en crurent pas leurs oreilles et ricanèrent de plus belle.

– Ha, ha, ha !

– Nous trouer la panse...

– Avec un pistolet rouillé...

– Hi, hi, hi ! Ho, ho, ho !

Lapoisse leva son arme et cria très fort :

– À l'abordaaaaage !!!

Et aussitôt le capitaine en second hissa le drapeau jaune pour signaler un cas de peste à bord.

Mais, ce jour-là, la ruse ne prit pas. Depuis le temps que Lapoisse racontait son histoire, tous les Irlandais étaient au courant.

Leur capitaine appela un mousse et lui chuchota quelque chose à l'oreille. Le garçon disparut sur-le-champ dans les cales et en remonta une sorte de cage de fer grouillante de rats.

Le capitaine irlandais la lança devant lui en criant :

– Tenez, puisque vous avez la peste à votre bord, attrapez ceci. Je crois bien qu'ils l'ont tous !

La cage éclata en tombant sur le pont du rafiot. Des dizaines de rats affolés se mirent à courir dans tous les sens.

– La peste ! Ils ont la peste ! Ils ont la peste ! s'épouvantèrent les marins de Lapoisse qui savaient parfaitement que les rats transmettent la terrible maladie.

Lapoisse et ses hommes trouvèrent refuge dans la cabine du capitaine. Ils s'enfermèrent à double tour tandis que les Irlandais, riant à gorge déployée, s'éloignaient vers le levant.

Les rats affamés se mirent à ronger furieusement les cordages enduits de graisse. Après plusieurs jours, ils coupèrent la drisse qui retenait le drapeau jaune. Le morceau de toile annonçant des cas de peste à bord tomba à la mer.

Un bateau français qui passait par là, voyant le pont désert, s'arrêta. Un officier et quatre matelots montèrent à bord du rafiot et furent surpris de trouver tous les hommes entassés dans la cabine.

– Laissez-nous monter à votre bord ! supplièrent les pirates.

Et c'est ainsi que, pour ne pas mourir de la peste qui les avait fait vivre, Lapoisse et ses pirates abandonnèrent leur bateau et leurs coffres d'or aux Français afin d'être ramenés sur la terre ferme.

La fiancée du pirate

Falamino était flibustier sur le brigantin[1] du redoutable capitaine Pierre-le-Cruel. Il n'avait que vingt ans, mais son corps portait déjà les traces de dix-sept blessures, ce qui, aux yeux des autres marins, prouvait son courage au combat.

Depuis qu'il s'était embarqué comme moussaillon, il avait participé à des dizaines d'abordages, essuyé des tempêtes terribles, reçu quantité de coups de sabre et survécu à trois naufrages.

1. Navire à deux voiles.

Un jour, Pierre-le-Cruel réussit à s'emparer des coffres remplis d'or d'un galion espagnol. Mais l'ennemi avait eu le temps de lancer quelques bordées et les boulets de canon avaient malmené ses voiles. Le capitaine décida de mouiller dans le port de Santiago de Cuba pour réparer les dégâts.

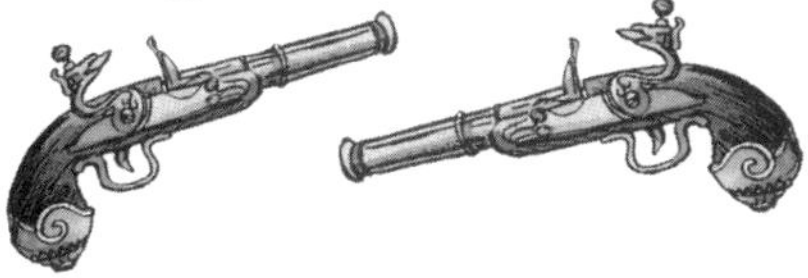

Falamino noua son foulard rouge sur sa tête, ouvrit sa chemise pour découvrir son torse couvert de cicatrices et boucla son large ceinturon de cuir où il glissa deux énormes pistolets et un sabre qui traînait jusqu'à terre. Il se regarda dans un bout de miroir et prit l'air féroce d'un vieux flibustier.

Tous ses compagnons se ruèrent dans les tavernes et se mirent à boire du rhum en chantant des chansons où il était question de naufrages et de pièces d'or.

– Viens avec nous, l'invita Antonio, un vieux pirate originaire des îles Grenadines qui bourlinguait en mer des Antilles depuis plus de trente années.

– Je vous rejoins dans une heure ou deux, répondit Falamino. J'ai à faire en ville.

Et il s'éloigna, ses pieds nus claquant sur le quai de pierre.

C'était jour de marché. Des étalages bariolés proposaient des fruits et des légumes frais, des tissus colorés ainsi que des poissons argentés. Il y avait des cris, des rires, du soleil et des parfums de cannelle et de vanille.

Falamino s'immobilisa devant un étalage de fruits : la marchande était une jeune créole. Elle avait la peau couleur café au lait et arborait un sourire éclatant qui découvrait des dents nacrées. Elle portait un madras, une robe aux multiples nuances de jaune orangé et un corsage blanc qui découvrait une épaule nue.

Falamino tomba éperdument amoureux d'elle.

– Voulez-vous être ma fiancée ? lui proposa-t-il sans même prendre le temps de la saluer ou de lui demander son prénom.

La fille s'arrêta, un ananas dans chaque main, le dévisagea et partit d'un formidable éclat de rire.

– Quoi ? Devenir ta fiancée, flibustier, mais il faudrait d'abord que je t'aime ! Et pour que je t'aime, il faudrait que tu m'offres quelque chose qui m'étonne.

– Si je te rapporte quelque chose qui t'étonne, tu seras ma fiancée ?

– Peut-être que oui... roucoula la jeune créole.

À partir de cet instant, Falamino pensa à elle nuit et jour.

Son bateau reprit sans tarder la mer. Deux navires espagnols furent la proie du capitaine Pierre-le-Cruel et de ses hommes.

Après la victoire, le maître d'équipage tira au sort la part du butin qui revenait à chacun. Falamino reçut cent doublons en or.

Quand il revint à Santiago de Cuba, il se précipita au marché et tendit la bourse remplie d'or à la jeune fille en disant :

– Ouvre-la et tu seras étonnée.

Elle glissa sa main à l'intérieur, regarda les pièces et répondit :

– De l'or... mais cinquante flibustiers au moins m'ont déjà proposé de l'or. Si tu veux que je sois ta fiancée, rapporte-moi quelque chose qui m'étonne !

Falamino fut très déçu mais il ne renonça pas. Il lui sembla qu'elle était encore plus attirante et belle que la première fois.

Il repartit en mer et, dans le mois qui suivit, ils eurent la chance de s'emparer d'un vaisseau hollandais qui ramenait un ambassadeur, sa femme et ses filles à Amsterdam.

– Pour ma part de butin, je réclame la plus belle robe qui se trouve dans les malles de ces demoiselles.

– Accordé, répondit Pierre-le-Cruel qui, lui, préférait garder l'or et la vaisselle en argent.

Puis le bateau rentra à Cuba.

– Une robe de velours noir ! Mais elle est affreuse, s'offusqua la jeune créole. Si tu veux que je devienne ta fiancée, offre-moi quelque chose qui m'étonne, pas cette horreur !

Le jeune marin reprit la mer. À chaque retour à Cuba, il se précipitait au marché.

Quatorze fois il partit, quatorze fois il revint avec des colliers d'émeraudes du Mexique, des parfums d'Italie, de la soierie de Bornéo, des bijoux d'or et d'argent, un coffre rempli de doublons, des perroquets multicolores qui parlaient le créole, le javanais ou le mexicain…

Il lui offrit même une île où vivaient des chevaux en liberté.

– Décidément, tu as aussi peu d'imagination que les autres ! soupirait la belle à chaque retour.

Falamino repartit, l'espoir au cœur. Mais cette fois, le bateau pirate passa des semaines en mer sans rencontrer le moindre navire anglais, espagnol ou portugais à se mettre sous le sabre.

Le découragement gagnait les hommes un à un. Pierre-le-Cruel enrageait. Il scrutait l'immensité des vagues, l'œil rivé à sa lunette de cuivre. Enfin, un navire battant pavillon portugais apparut à l'horizon.

– Branle-bas de combat ! se mit à hurler le capitaine.

– Ouvrez les sabords ! Tous les hommes dans les vergues ! Hissez le cacatois de misaine et les perroquets d'artimon[1] ! ordonna le second.

1. Voile carrée placée sur le mât arrière d'un navire.

– Montez le pavillon à tête de mort ! commanda le chef des flibustiers.

Une frénésie extraordinaire s'empara du navire. Les hommes sortaient les armes, chargeaient les canons et grimpaient dans les haubans. On se serait cru dans une fourmilière. Petit à petit, les deux vaisseaux se rapprochèrent l'un de l'autre. Quand les Portugais furent à bonne distance, le capitaine ordonna :

– Lancez une bordée !

Les canons tonnèrent et des gerbes d'eau entourèrent le navire ennemi. Mais les Portugais étaient puissamment armés. Leurs quatre-vingts canons ripostèrent et crachèrent le feu en même temps.

Le grand mât du navire pirate fut brisé net et les voiles s'affalèrent sur le pont. Les boulets de fer transpercèrent la coque de bois tandis que le bateau de Pierre-le-Cruel s'enfonçait lentement dans les flots.

Falamino avait reçu un boulet en pleine jambe et s'était évanoui dès le début de l'attaque. Il reprit connaissance au moment où la poupe du bateau se dressait alors que la proue plongeait vers les profondeurs marines.

Avec d'autres compagnons, il s'agrippa à un radeau de fortune et dériva pendant des semaines avant d'accoster à la Jamaïque. Sa jambe le faisait terriblement souffrir. Un chirurgien dut la lui couper et on demanda au menuisier du pays de lui en fabriquer une nouvelle en bois.

– Je n'ai que du bois de palétuvier, se désola l'artisan.

– Fais avec ce que tu as, répondit Falamino.

Maintenant, tout lui était égal. Comment la belle créole de ses rêves accepterait-elle de devenir sa fiancée alors qu'il avait une jambe de bois?

Il passa le reste de l'année à la Jamaïque et ne rentra à Cuba qu'au printemps suivant. Il n'alla pas voir la jeune fille au marché. Le désespoir, sans doute.

Mais un curieux phénomène se produisit. Le menuisier avait utilisé une branche de palétuvier fraîchement coupée qui était encore gorgée de sève.

Avec le printemps, des bourgeons poussèrent sur la jambe de bois qui se couvrit bientôt de feuilles et de fleurs merveilleuses. De bouche à oreille, la nouvelle fit le tour de la ville et parvint à la belle créole.

– Quelle chose étonnante ! s'exclama-t-elle. Te voilà devenu un bouquet !

Et elle accepta sur-le-champ de devenir sa fiancée.

L'île du crabe mort

Dès que le bateau fut à quai, le plus hardi des pirates noua son foulard rouge autour de son cou, accrocha un sabre à sa ceinture et mit son coffre rempli de pièces d'or sur son épaule. Puis il descendit à terre.

Tous les autres membres de l'équipage couraient dans les tavernes et lançaient des poignées de doublons sur les tables pour qu'on leur apporte sur-le-champ des pichets de rhum et de ratafia.

Le valeureux pirate, lui, se dit : « Il faut que j'enterre mon coffre plein d'or sur une île déserte. Ainsi, personne ne pourra me le voler. Dans dix ans, j'irai rechercher mon trésor, j'achèterai une petite maison et je vivrai tranquille. »

Au matin, sur une barcasse à voile louée à un pêcheur, il partit donc sur la mer immense.

Il navigua douze jours et douze nuits. De l'aube au couchant, l'œil collé à sa longue-vue, il scrutait l'horizon à la recherche d'une île déserte.

Enfin, à l'aube du douzième jour, il en découvrit une qui ne figurait sur aucune carte. Elle n'était pas bien grande et, au milieu, il n'y avait qu'un seul arbre. L'unique palmier qui poussait sur l'île.

– Je vais enterrer mon trésor au pied de cet arbre. Ainsi, quand je reviendrai dans dix ans, je le retrouverai très facilement.

Dans le feuillage du palmier était perché un perroquet aux plumes rouges, jaunes et vertes. En bas, sur la plage, vivait un méchant crabe qui attendait patiemment depuis des mois que l'oiseau se pose sur le sable pour le saisir par les pattes avec ses pinces énormes et le dévorer.

Aussi le perroquet ne descendait-il jamais, se nourrissant des fruits du palmier et se contentant de voleter au-dessus de l'île pour se dégourdir les ailes.

L'étrave de la barque se planta mollement dans le sable. Le pirate sauta dans l'eau, prit son coffre, une pelle et s'approcha de l'arbre. Puis il creusa un grand trou.

– *Par la huppette de tous les cacatoès de la Jamaïque*, s'effraya le perroquet perché dans l'arbre, *ce pirrrate en haillons veut couper ma maison !*

Il fut si effrayé qu'il tomba.

À peine avait-il touché le sable que le méchant crabe accourut, tendit vers lui ses énormes pinces coupantes, l'attrapa par une patte et l'immobilisa pour le dévorer.

– *Au secourrrrrs !* cria le perroquet. *Par la huppette de tous les cacatoès de la Jamaïque, cette drôle de bestiole en arrrr-mure veut me transformer en confiture !*

Avec sa pince libre, le crabe arrachait les belles plumes vertes, jaunes et rouges de l'oiseau. La méchante bête faisait grincer ses mandibules en les frottant l'une contre l'autre tant il était impatient de le dévorer.

– *Au secourrrrs !* appelait le perroquet désespérément.

Le pirate entendit les cris et sortit la tête du trou déjà très profond.

– Maudit crabe ! Lâche ce perroquet ou je te transforme en bouillie !

Mais le crabe ne lâcha rien du tout et continua à plumer le perroquet. Alors le pirate émergea de son trou et l'écrabouilla d'un grand et unique coup de pelle.

– *Par la huppette de tous les cacatoès de la Jamaïque,* le remercia le perroquet en s'envolant à tire-d'aile, *si tu n'étais pas venu, cet affrrrreux m'aurait mis tout nu !*

L'oiseau se posa dans les branches du palmier et entreprit de lisser les plumes qui lui restaient.

Le pirate, lui, redescendit au fond de son trou et acheva d'enterrer avec soin son trésor.

« En guise de souvenir, pensa-t-il, j'appellerai dorénavant cet endroit l'île du crabe mort. »

Il grimpa ensuite dans sa barque, hissa la voile et mit le cap droit sur La Havane afin de retrouver au plus vite le reste de l'équipage.

Pendant dix ans, il pirata dans la mer des Antilles. Un bel abordage. Un joyeux naufrage. La mer, les canons, les voiles, la poudre à canon et les doublons.

Un jour, il décida d'arrêter la piraterie et voulut récupérer son trésor. Il mit alors le cap sur l'île du crabe mort et navigua pendant douze jours entiers avant de l'atteindre.

Mais là, surprise ! De nouveaux arbres avaient poussé et l'île était désormais couverte de dizaines et de dizaines de palmiers.

– Par la tête de mort peinte sur le drapeau noir ! s'écria-t-il. Quand j'ai enterré mon trésor, il n'y avait qu'un arbre et maintenant il y en a cent. Comment le retrouverai-je ?

Il essaya de repérer le centre de l'île. Il se creusa la tête pour se rappeler le paysage alentour, un rocher, un trou, une dune. Sans succès.

Alors il décida de faire un grand trou au pied de chaque palmier. Ainsi, il était sûr de remettre tôt ou tard la main sur son coffre au trésor rempli d'or.

Il fouilla mais ne trouva rien sous le premier.

« Je l'ai peut-être enterré au pied de celui-là », se dit-il.

Et il creusa à nouveau. Il ne trouva toujours rien.

Il creusa ainsi trois, quatre, cinq, dix trous. Il ne trouvait absolument rien. Le pirate se sentit soudain très fatigué, presque désespéré.

– Jamais je n'y parviendrai. C'est impossible de creuser mille trous. Si seulement j'avais fait une marque sur le tronc de mon palmier !

À ce moment, il entendit :

– *Par la huppette de tous les cacatoès de la Jamaïque, j'entends la voix du pirrrrate qui a sauvé mes belles plumes.*

Le pirate se releva et courut aussi vite que le portaient ses jambes vers la voix familière. Il découvrit un vieux perroquet tout ridé perché au sommet du plus haut des palmiers.

– *Bonjour,* lui dit l'oiseau. *Depuis dix ans, je n'ai pas bougé. Je savais bien qu'un jourrrr tu reviendrais.*

Alors le pirate creusa un grand trou au pied du palmier où se trouvait l'oiseau. Puis il mit le vieux perroquet sur une épaule, chargea le lourd coffre sur l'autre et regagna sa barque.

TABLE DES MATIÈRES

L'AUTEUR

Roger Judenne est né à Chartres, une ville qu'il adore et où il vit toujours. Mais il a grandi au milieu d'un village, dans une maison entourée de fermes et d'animaux, à une époque où la campagne ressemblait aux images des albums.
Il aime l'Histoire, quand elle ne rapporte pas les seuls noms de batailles et de rois, mais fait revivre les hommes qui sont passés sur la Terre avant nous. « Connaître le passé, n'est-ce pas un moyen de comprendre le présent et, peut-être, de mieux préparer l'avenir ? »
Les qualités qu'il apprécie le plus : la tolérance et la capacité à comprendre les autres.

L'ILLUSTRATEUR

Thierry Christmann est né en 1964 en plein milieu des grandes vacances. Pourtant, depuis qu'il est illustrateur, il n'aime plus trop les vacances. Dès qu'il a un petit moment de libre entre deux livres à illustrer, il en profite pour dessiner ou pour lire des romans qu'il n'a pas à illustrer.
De temps en temps, il se rend dans des écoles pour créer des histoires et en imaginer les dessins avec les élèves.
Sinon il habite Strasbourg et a deux garçons. L'un s'appelle Robinson, l'autre Léo.

DU MÊME AUTEUR,
DANS LA MÊME COLLECTION

à partir de 8 ans

Au royaume des dinosaures

Du terrifiant tyrannosaure rex au paisible iguanodon, une horde de dinosaures nous invitent à remonter le temps et à arpenter les territoires sauvages de leurs exploits. Douze récits qui mêlent aventure, frisson et humour.

Une baleine sur la plage de Saint-Malo

Bleues ou blanches, créatures de rêve ou mastodontes impressionnants, les baleines nous invitent à suivre leur sillage à la découverte des mers du monde. Onze histoires courtes pour rejoindre le large.

DANS LA MÊME COLLECTION

Un vampire à l'école

Yves-Marie Clément

Friands de sang ou dégoûtés par l'hémoglobine, les vampires nous donnent rendez-vous dans les cryptes et les sépulcres des châteaux. Neuf récits pour frissonner et rire toutes canines dehors.

Petit-Féroce n'a peur de rien

Paul Thiès

En explorant la jungle, Petit-Féroce découvre de nombreux amis… et vit mille et une aventures amusantes, angoissantes, trépidantes…

Et si on allait à la mer?

Cécile Couprie, Gérard Magro

Abel, Luce et leurs voisins ont persuadé leur papy Zépé de les emmener à la mer plutôt qu'à l'école!
À eux le cerf-volant, les jeux sur la plage et... les surprises.

Le secret des dauphins

Lou Peabody

Lili et son ami Ben passent leurs vacances sur une île presque déserte, au large de l'Australie. Au hasard de leurs promenades, ils découvrent bientôt une crique secrète fréquentée par des dauphins...

Retrouvez la collection
Rageot Romans
sur le site www.rageot.fr

Achevé d'imprimer en France en avril 2012
par l'imprimerie Hérissey à Évreux (Eure)
Dépôt légal : mai 2012
N° d'édition : 5576 - 01
N° d'impression : 118544